LE SIÉGE

DE

MONTAUBAN

POÈME EN QUARANTE-SEPT CHANTS,

AVEC OUVERTURE ET ÉPILOGUE,

Par M. P. BERGIS.

CHANT PREMIER,

Orné d'un dessin lithographique représentant l'ancienne ville avec ses fortifications et les divers campements de l'armée royale assiégeante.

TOULOUSE

IMPRIMERIE TROYES OUVRIERS RÉUNIS

RUE SAINT-PANTALÉON, 3.

—

1866.

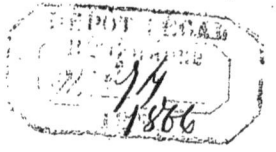

LE SIÉGE

DE

MONTAUBAN

POÈME EN QUARANTE-SEPT CHANTS,

AVEC OUVERTURE ET ÉPILOGUE,

Par M. P. BERGIS.

CHANT PREMIER,

Orné d'un dessin lithographique représentant l'ancienne ville avec ses fortifications
et les divers campements de l'armée royale assiégeante.

TOULOUSE

IMPRIMERIE TROYES OUVRIERS RÉUNIS

RUE SAINT-PANTALÉON, 3.

—

1866.

Ye

LE SIÉGE DE MONTAUBAN.

POËME.

OUVERTURE.

Gloriæ majórum.

Montauban, toi, qui dus, trop souvent, sous tes yeux,
Voir, en suspens, combattre et mourir nos aïeux ;
Et, d'un culte nouveau, l'inflexible constance,
Repousser à tes pieds tant d'art et de vaillance...
Quel crayon, affranchi de vulgaires liens,
S'est encore émoussé sur tes faits anciens ;
Et, jaloux d'appuyer sur plus d'un accessoire,
De tes grands citoyens a reproduit l'histoire ?
De ces hommes hardis, nous, faibles descendants,
Du moins, à leur mémoire, accordons quelques *chants :*
Hélas ! avec leur cendre, en butte aux représailles,
Rien n'est resté debout de tes nobles murailles :
Tout débris trop saillant, jusqu'en ses fondements,
A dû subir la loi des froids alignements ;
Et, du ciment moderne, une couche odieuse,
A couvert du boulet l'empreinte glorieuse.

Sur les arceaux vainqueurs de ce pont immortel,
Qui, pour digne parrain, eut Philippe-le-Bel :
N'épargnant que la tour (1) dont la sombre harmonie,
De ce passé géant a sonné l'agonie...
Mais les temps sont venus, où, par l'esprit pieux,
Tout peut être évoqué, les mânes et les lieux.

EXPOSITION.

Seize siècles, du Christ, ont scellé le martyre;
Mais sa loi, dès longtemps, a perdu son empire :
L'imposture et l'erreur, de leur souffle empesté,
Ont, du texte divin, souillé la pureté :
Partout, des cœurs trompés, se trahit la souffrance.
Des monts de l'Helvétie, aux plaines de la France,
Appelés par les cris qui sortent de son sein,
Des apôtres nouveaux, poursuivant leur *dessein ;*
Plus libres dans leurs vœux, mais, dans leur foi, sincères ;
Ont voulu tout changer, hors le Dieu de leurs pères ;
Et, soufflant sur ce feu toujours près d'éclater,
Chez l'homme, lorsqu'on veut, même en germe, arrêter,
Des élans de l'esprit, la rebelle substance,
Ont allumé, par suite, un incendie intense...

. . . .

. . . .

D'abord, persécutés, et, dans l'ombre agissants,
Un caveau protégea leurs dogmes grandissants :
Là, défiant, des Rois, la colère et la haine,
Par leur effort constant, la voûte souterraine,
En un fronton changée, étonna les regards :
Tels les premiers chrétiens triomphaient des Césars :
Triomphe, jusques-là, divin et pacifique,
Et payé seulement de leur sang héroïque :
Les cachots, les gibets, les bûchers, les tourments,
Ne firent pas défaut à leurs commencements ;
Mais ce sang généreux sorti de leurs artères,
Trouvant d'autres conduits chez de nouveaux sectaires ;
On les vit, à leur sort, désormais, moins soumis,
En se sentant plus forts, braver leurs ennemis ;
De leur auguste foi, méconnaissant l'essence,
N'avoir plus, pour vertu, surtout la patience ;
Et rechercher, enfin, pour remède à leurs maux,
La guerre qui, du moins, partage ses fléaux.

———

Quelque temps, sous ce prince (2), idôle de la France,
Qui, sans trahir leur cause, abjura leur croyance ;
A l'ombre des traités, par leurs malheurs instruits,
De leur rude moisson, ils goûtèrent les fruits ;
Mais, quand, sous le couteau, la royale victime
Eut expié l'erreur de sa vertu sublime ;

Sa veuve (3)!... de la paix, quels solides garants,

Que son nom, sa patrie et ses faibles enfants (4)!...

Leur sombre prévoyance, en recourant aux armes,

Ouvrit, pour leurs foyers, une autre ère d'alarmes (5).

INVOCATION.

« Et toi, Vierge, à nos vœux rebelle tant de fois,

Dois-je, ici, t'invoquer pour soutenir ma *voix*?

Laisse jaillir, du moins, de ton trône de flamme,

Ce feu dont trop souvent devra brûler mon âme :

C'est à lui de planer sur ces temps, et ces lieux,

Et ces combats livrés pour la cause des cieux :

Seulement, si, toujours, dans l'ardente carrière,

Tout doit céder la place à sa vive lumière ;

Permets que des reflets mieux connus d'ici-bas,

Viennent, en se jouant, tempérer ses éclats ;

Qu'une raison, enfin, plus mûre dans la lice,

Comme juge du camp, pour sa part s'établisse.

(1) La tour du Beffroi et de l'*Horloge*, sur la place de ce nom.

(2) Henri IV.

(3) Marie de Médicis.

(4) Louis, Dauphin; Gaston d'Orléans ; Elisabeth de France; Christine ; Henriette de France.

(5) C'est de la guerre de 1621, la sixième guerre civile. dont il s'agit ici. Elle eut pour signal et principale cause, le retrait des biens ecclésiastiques du Béarn possédés par les Huguenots, et que Luynes, pour se faire un appui du clergé et surtout des Jésuites, voulait faire restituer aux Catholiques. Le Roi la commença en personne, et heureusement, par les prises de Saint-Jean-d'Angéli, Pons, Sainte-Foi et Clayrac... Mais il fut arrêté devant Montauban, et, après environ trois mois de combats et d'assauts les plus meurtriers, se vit obligé d'en lever le siège...

CHANT PREMIER.

LA REVUE.

16 ou 17 août 1621.

« ....Le Roy (*), après la prise de Clayrac, se rendit à Moissac,
» et de là à Piquecos, où l'armée estant arrivée, il en fit la
» revue le 17 aoust 1621, dans la plaine de St-Maurice... »

(H. Le Bret, tome 2, p. 212).

...... E si vedea davanti (Buglion)
Passar distinti i Cavalieri e i Fanti.

Ger lib. Cant. I. ott. XXXV.

On était dans ce mois, l'espoir des laboureurs,
Qui verse, à pleines mains, le prix de leurs sueurs;
Où, le soleil qu'enflamme une vierge céleste,
De ses feux les plus vifs ceint sa tête modeste;
Louis, ce jeune roi, qui devait bientôt voir,
Par un bras si puissant, s'affermir son pouvoir;
Aux éclats renaissants de funestes querelles,
Entraînait ses soldats vers cent villes rebelles;
Déjà Pons, Sainte-Foi, Caumont et Bergerac,
Lui livraient, en tombant, les portes de Clairac;
Vains succès! étayés d'un triomphe éphémère;
Car Montauban restait, suspendue en son aire.

(*) Louis XIII.

De la nouvelle foi, dans ses murs redoutés,
Quelle main a conduit les dogmes respectés?
Les uns, d'un doigt divin ont signalé la trace,
En poussant vers le ciel de longs accents de grâce;
Les autres n'ont su voir que le bras ténébreux
Qu'invoquent les mortels dans leurs coupables vœux;
Rapportant, que, « l'amour, ce feu secret de l'âme,
» Dans le sein d'un Prélat (1), ayant couvé sa flamme,
» Un criminel espoir, par un chemin flatteur,
» Entraîna sa raison vers la nouvelle erreur;
» Et qu'alors le troupeau, sous un fatal auspice,
» Dut suivre le pasteur au fond du précipice.... »

« Que ce prélat, d'ailleurs, jusques-là vénéré,
Investi d'un pouvoir aussi cher que sacré;
Jean de Lettes, enfin, en cela trop semblable
A notre premier père, envers Dieu si coupable,
Qu'il nous vouait en masse au mal, bien qu'innocents;
Aurait, lui, dominé, subjugué par les sens,
Fourvoyé ses brebis pour les perdre à sa suite,
Et leur faire expier son indigne conduite;
Puis, les abandonnant, serait allé plus tard,
De ce fruit défendu savourer à l'écart,
Les douceurs trop souvent par suite irrésistibles;
Mais de regrets amers aussi trop susceptibles. »

A ces faits déjà bien étranges, ajoutant :
Que, « d'un semblable trait encore peu content ;
» Pour donner à ses vœux toujours plus illicites,
» Ce cours qui ne connaît, par là, pas de limites ;
» L'ange du mal aurait depuis choisi ce lieu,
» Ce point si culminant pour y mieux braver Dieu ;
» En proscrivant d'abord ceux qui gardaient son culte,
» Surtout, d'une influence aussi noire qu'occulte ;
» S'attachant à briser tout ce qui dans leurs mains,
» Servait à conjurer ses effets inhumains ;
» Laissant les chœurs déserts et les chapelles nues,
» Et les parvis jonchés de châsses, de statues... »

« Privés de leurs autels, de leurs hauts chandeliers,
De leurs bouquets, objets de soins particuliers ;
Sans tableaux saisissants, ou magiques tentures,
Sans stalles, et lambris aux fines ciselures,
Sans nappe mirifique et sans riche ostensoir,
Sans bénitiers surtout avec leur aspersoir ;
Et plus heureux qu'au jour où son mauvais génie
Dut sentir du Très-Haut la colère infinie,
Chassant du *Saint des Saints* le *Seigneur*, sans respect,
Pour son *père* montrant au-dessus son aspect ;
Enfin, portant trop bien les cœurs par un tel crime,
A braver d'ici-bas tout pouvoir légitime. »

Qui croire... et que penser d'un semblable conflit,
Toujours plus animé? Rien, sinon, comme on lit,
Dans les textes sacrés — « Qu'en livrant aux disputes
Des esprits, son ouvrage en masse, dans ces luttes,
Dieu sans doute a voulu qu'ils trouvassent ainsi,
Un exercice propre à retremper aussi,
Leur ressort s'énervant toujours par la paresse. »
Il est vrai, qu'après lui, l'homme dans sa sagesse,
En a jugé, l'on sait, tout autrement; si bien,
Qu'il n'est même à son gré de bâillon et lien,
Assez forts, qu'il n'emploie, ou ne tienne en réserve,
Pour borner leur élan et réprimer leur verve.

N'importe; c'est toujours l'écho retentissant
De ce cri de Luther : Dieu, lui seul, est puissant!
Mais, repris par Calvin, de qui la voix austère
Crut devoir s'imposer comme un frein salutaire :
Partout, dans cette enceinte, on voit marcher de front,
La fougue du premier, la règle du second;
Trop heureuse, cent fois, et trop rare alliance !
Du cœur, la passion; de l'esprit, la prudence.
Deux hommes (2,3) l'ont produit cet accord; par leurs soins,
Rien n'est mis en oubli des instincts, des besoins;
Aussi, dicté par eux, jamais serment civique
Ne sera mieux gardé dans sa formule antique. (4)

Non, jamais, jusques-là, citoyens ou guerriers.
Armés pour leurs parvis ensemble et leurs foyers,
Au sein de murs croulants, assaillis sans relâche,
Par le fer et le feu, n'accomplirent leur tâche
D'un effort plus constant, enfin plus glorieux.
Ainsi, durant trois mois d'un cours prestigieux,
Retrempés, par moments, avec le chant d'un psaume,
On les vit lutter seuls contre tout un royaume :
Du reste, grâce aux soins d'édiles prévoyants,
Ravitaillés sans cesse, et, par là, confiants,
D'autant plus qu'ils pouvaient, faveur bien singulière!
Braver encor la faim, mauvaise conseillère.

Le Roi, dont cependant rien n'arrête les pas,
Précipite sa course, en cherchant les combats :
Ce fleuve impétueux qui vers Bordeaux s'élance,
En versant dans son cours une heureuse abondance,
Voit son front couronné d'une austère pâleur,
De ses bords fortunés dédaigner la douceur :
Moissac, resté fidèle, à grands cris le salue ;
Mais, d'un plus grave objet son âme s'est émue.
Des sommets, consacrés par un pieux respect,
Il aperçoit la ville (5), au menaçant aspect ;
Et ce mot que l'armée invoque en ses fatigues,
L'Aveyron, seul, l'entend retentir sur ses digues.

Là, son œil attentif, à travers les guérets,
Découvre un lieu propice à ses desseins secrets :
Saint-Maurice est son nom : entre les monts et l'onde,
S'étend, emprisonnée, une plaine féconde ;
Sous des ombrages frais, au murmure des eaux,
Le soldat étonné goûte enfin le repos :
Libre de toute gêne, à côté de ses armes,
Il s'étend sur le sol en savourant les charmes,
Avant-coureurs, pour lui, d'un sommeil toujours sûr ;
Et, bien que trop restreint, à son gré, du moins pur
De ces rêves si lourds, ou si noirs qu'à mesure,
Répartit à grands frais une couche moins dure.

Bientôt, comme au dehors, tout le flatte au-dedans :
Et, d'abord, est versée aux gosiers trop ardents,
Cette onde, sans tarir qui s'épanche sans cesse ;
Ensuite, l'on eût dit, après mainte caresse,
Ont été consommés ces trésors, dans les sacs,
Réservés, pour ravir non moins les estomacs ;
Mais les instants sont courts pour leur douce indolence.
Le hautbois rompt la trêve accordée au silence ;
Tout s'agite, et bientôt, à ses accords bruyants,
Se mêlent des clameurs et des sons effrayants :
Telle, au souffle soudain de l'aquilon qui gronde,
S'ébranle, en mugissant, une forêt profonde.

Enfin, l'ordre est connu ; le messager guerrier
S'élance, et le transmet de quartier en quartier :
« Que de poudre, de sang et de toute souillure,
» Toute arme, tout habit, à la hâte s'épure ;
» Qu'en silence, et flanqués des légers escadrons,
» Les bataillons épais offrent leurs larges fronts :
» Avant que le soleil à l'horizon s'efface,
» Louis, de chaque rang, veut parcourir la face ;
» Scruter tous ces détails dont l'art persévérant,
» Toujours, de la victoire, est le plus sûr garant ;
» Et, de ses traits empreints d'une noble assurance,
» Sur le cœur du soldat exercer la puissance. »

Aussi, près de la tente au comble blanchissant,
Apparaît-il, soudain, un cheval hennissant ;
Son front large et courbé dit assez sa patrie ;
C'est un don précieux de la riche Ibérie ;
Don, peut-être fatal, et d'un trompeur aspect ! (7)
Mais trop noble et trop beau pour paraître suspect :
Sur son cou souple et fin ruisselle, reflétée,
Comme un flot cristallin, sa crinière argentée :
Une inquiète ardeur sur ses flancs arrondis,
De la housse aux fils d'or fait onduler les plis ;
Et son pied que l'argent isole de la terre,
Imprime à sa démarche un divin caractère.

Un page aux noirs cheveux , au teint brun , à l'œil vif,
Le contient sûrement, le front sombre et pensif :
Quel sort a , sur ses traits , comme un triste présage ,
Jeté ce noir chagrin que repousse son âge ?
Si jeune, a-t-il connu les peines de l'amour ?
Peut-il , déjà , rêver aux faveurs de la cour ?
Serait-ce la vengeance, à son sang trop fidèle ,
Que son sein qui frémit, impatient, recèle ?
Il est né sur ces bords , où , d'un cours gracieux ,
L'Arno s'endort bercé de chants mélodieux,
Quand Florence , le soir , sur sa riante rive ,
Etale, avec orgueil , sa jeunesse hâtive.

Il n'a point de parents ; mais près des Médicis,
En naissant, se fixa son destin indécis ;
Enfant , il a suivi la marche triomphale
Qui ramenait Marie à sa couche royale ;
Et , depuis , dans Paris , secret, mais incessant,
S'offrit à sa faiblesse un appui tout-puissant.
La Reine , à la faveur de son aide efficace ,
Près d'un fils qu'elle aimait encor... marqua sa place :
Là , de ses compagnons , l'essaim vif et joyeux ,
Le vit d'abord mêlé dans ses folâtres jeux,
Mais , un jour... et , dès-lors , à sa joue attachée ,
Sa pâleur vint trahir une douleur cachée.

Toutefois, on peut voir que, d'un léger duvet,
Son menton délicat à la fin se revêt;
Et l'on s'étonne, alors, que, par un si long stage,
Il n'ait pas été mis encore *hors de page :*
Mais, pour qui sait le zèle et l'art qu'en son emploi
Il a montré toujours au service du Roi,
Toute surprise cesse, et, dans son cours propice,
S'explique ainsi sans peine un trop constant office;
Dans les goûts de Louis, rien qui lui soit nouveau;
Soit qu'il faille juger des *vertus* d'un oiseau;
Déployer à l'escrime une adresse rivale,
Ou pointer, vers son but, l'arquebuse fatale.

Ensuite, bien qu'avec son esprit soucieux,
On conçoive qu'il soit surtout silencieux;
Parfois, sans trop d'efforts encore, il entre en verve;
Mais, même alors, son ton ou son propos conserve
Le caractère empreint sur ses traits obscurcis;
Dans leur tour, en ce cas, seulement éclaircis,
Par les mornes reflets d'un sourire ironique,
Que rend trop son regard rarement sympathique :
C'est ainsi que, voyant poser plus noblement,
Le superbe animal : « Profite du moment ! »
Lui dit-il, «fais le fier ; donne-toi de la grâce ;
» Car tu pourrais bientôt avoir l'oreille basse. »

Son secret, avec art qu'il sait dissimuler,
Le temps seul à nos yeux pourra le dévoiler ;
Laissons-le donc, avec une main par la rêne,
Fixer le destrier frémissant sur l'arène ;
De l'autre, ensuite, au pied du royal cavalier,
Agilement passer le brillant étrier ;
Et, libre de ces soins, s'éloigner en silence :
Vers le camp, cependant, où son nom le devance,
Le Roi, par son escorte avec peine servi,
Vole, semblable au cerf des chasseurs poursuivi ;
Et, bientôt, sur le front de l'armée immobile,
Sur son coursier fougueux se présente, tranquille.

C'est ainsi que du moins il demeure en suspens,
Devant ce frais tableau que présentent ces champs,
Sur lesquels, même au fort de sa course orageuse,
Le Tarn qu'irrite moins sa rive sinueuse,
Epand des flots plus purs et moins précipités ;
Tandis qu'à l'opposé, toujours accidentés,
Mais parés de bosquets et de pampres moins sombres,
Dont le contraste heureux fait onduler les ombres,
Surgissent les coteaux aux pittoresques flancs,
Seuls dignes de former, en déployant leurs rangs,
Une digue au courroux du fleuve qui bouillonne,
Lorsque chaque affluent dans son sein tourbillonne...

Et puis , une pensée ardente en son esprit ,
Après ses soins dévots dont l'objet lui sourit ,
Surtout , s'est éveillée en lui non moins intense ,
Qu'en aucun autre temps , grâce à la circonstance ;
En effet , à l'aspect de ce magique sol ,
Son coup d'œil exercé dans mainte chasse au *vol* ,
N'a pu qu'être frappé de l'assiette propice ,
Qu'il présente en tout sens à son noble exercice ;
Le milan doit d'abord régner sur ces coteaux ;
Et le héron se plaire au miroir de ces eaux ;
Enfin , à ses ébats de *basse-volerie* ,
Nul doute que la plaine aussi ne s'approprie.

Tout-à-coup , vers un point où s'abaisse soudain ,
La chaîne aux pics nombreux qui fuit dans le lointain ,
Il a pu voir , perçant l'air serein de leurs crêtes ,
Les tours d'un fort château qu'on devine à leurs faîtes ;
Un éclair instinctif qui fait battre son cœur ,
Lui révèle un manoir au séjour enchanteur,
Resté fidèle , et pur de tout contact rebelle ;
Aussitôt , prévoyant dans la lutte nouvelle ,
Une attente , et des jours parfois remplis d'ennui ;
Il a déjà formé le projet , à part lui,
D'aller y réclamer , pour tout instant loisible ,
Non loin de son armée , un asile paisible.

2

Piquecos (8), toi, qu'on peut voir du moins de nos jours,
Avec ton vieux ciment et tes puissantes tours,
Couronnant le sommet où s'adosse ta base;
Toi, que l'œil du rêveur, ou l'esprit en extase,
Peut repeupler, par suite, et sans de grands efforts,
Grâce à leurs noms fameux, de tant d'illustres morts,
Composant une cour telle, qu'on peut sans crainte,
Avancer que, jamais, le Louvre, en son enceinte,
N'en offrit de tableau plus noble et saisissant;
En retraçant un jour ton séjour ravissant;
Nous conterons aussi tes cabales, tes brigues,
Et le concours touchant de plus douces intrigues.

Présentant son flanc droit au Tarn, aux bords profonds,
Sa gauche aux durs penchants, sa face aux champs féconds,
Qui, jusques aux flots bleus que l'Aveyron entraîne,
S'étalent librement dans la riante plaine;
L'armée, en rangs distincts, s'est formée au plus tôt;
C'est que, même en voyant s'enlever en sursaut,
Le repos qui la fuit depuis tant de journées;
Elle a pu voir du sein des rives fortunées,
Où la tente royale est assise à l'écart,
Se diriger vers elle, arrivant comme un dard,
Le Roi, ce jeune chef, dont l'élan sympathique,
A tous ses mouvements si bien se communique.

Sous son feutre , ombragé d'un panache flottant ,
Pour recouvrir son front , contre les airs luttant ,
On remarque ses traits , dont la ligne si pure,
De l'ombre qui la suit, peut défier l'injure ;
Ses cheveux descendant sur son col dentelé ,
Ses sourcils et les cils dont son œil est voilé ,
Ne sauraient s'égaler qu'à la noire prunelle ,
Dont l'éclat chatoyant dans l'iris étincelle ;
Son nez droit qui se gonfle , est plein de majesté ,
Et , sous sa lèvre mince et fine , avec fierté ,
Soulevant par moments sa frange martiale ,
Ressort mieux son menton à la noble royale.

Parmi ces officiers qui l'ont suivi de loin ,
Dont surtout les palais font sentir le besoin ,
Mais , qui voient aujourd'hui dédaigner leurs services ,
Pour de plus vastes soins , de moins vains exercices ;
L'un d'eux, par son air grave et la place qu'il prend ,
Témoigne d'un emploi toujours prépondérant :
C'est le Prévôt (9), chargé d'abord de la justice ,
Puis , de ce qui concerne une stricte police ;
De choisir , d'assainir les divers campemens ,
D'assurer aux blessés enfin leurs pansements ;
Peut-être , s'attachant avec son poste auguste ,
A mériter trop bien au roi le nom de *Juste*.

C'est ainsi, qu'en restant intègre magistrat,
On le voit s'efforcer, dans son cruel état,
De complaire au monarque en toute conjoncture,
En traits, même, un peu forts parfois de leur nature ;
Comme, lorsqu'en voyant du jeune souverain,
Le sourcil dénoter un trop cuisant chagrin,
Ou simplement marquer un surcroît plus sensible,
D'une tristesse à tous devenue ostensible ;
Il se fait amener quelque grand criminel,
Déserteur, espion, et, d'un ton solennel,
L'interroge, le juge, et fait pendre à la hâte,
Le tout, devant le roi, dont le cœur se dilate.

Le dernier (10), à la suite, est arrivé trottant,
Et, comme on peut penser, suant et haletant,
Un autre personnage à l'étrange figure,
Pour un tel lieu, du moins ; un bonnet de fourrure
Couvre son chef, malgré toute l'ardeur du jour,
Et sa casaque brune est serrée à l'entour
De son corps maigre et long ; sa couleur maladive
Semble n'influer point sur son humeur active ;
C'est celui dont naguère encor le grand Henry,
En roi sage, et l'esprit par le malheur mûri,
En mainte occasion, réclamait la franchise,
Comme si, dans sa charge, il la crût peu de mise.

Ligueur ardent, jadis, et, tour à tour, docteur,
Pédagogue, avocat, poète, prosateur,
Conseiller, courtisan, d'abord, d'un tour austère,
Près des Guises, il dut donner le caractère,
Aux écrits, aux propos, comme aux discours flatteurs;
Et, plus tard, empruntant de plus vives couleurs,
De ce règne, où l'amour avait pris tant de place,
On le vit, s'efforcer de bien rendre la face;
Enfin, auprès du fils, plus sobre et retenu,
Changeant de ton, toujours être le bienvenu;
Conciliant l'encens avec maint paragraphe;
En un mot, de Louis, c'est l'historiographe.

Pour son digne pendant, il a joint en chemin,
Hérouard (11), celui-là, du roi, le médecin,
Qui, depuis sa naissance, enregistre, énumère,
Jour par jour, et d'un soin qui ne se dément guère,
De l'auguste santé, but de ses fonctions,
Les accidents divers et les réactions;
Chronique, comme on sent, en détails abondante,
Et que grossit l'humeur inquiète, imprudente,
Du jeune souverain, se moquant trop souvent,
De ces prescriptions, lorsqu'il s'en va, bravant
Et le froid, et le chaud à la guerre, à la chasse,
Ou qu'à garder son jeûne il se montre tenace.

Enfin, des rangs, s'avance un guerrier (12) dont l'aspect,
Sait mal, devant son maître, affecter le respect ;
Dès leurs plus jeunes ans réunis, la fortune
Vit rompre en leurs ébats sa barrière importune ;
Et, même, des façons de l'altier favori,
Le roi devait un jour sentir son cœur aigri,
Habile à profiter d'un goût héréditaire,
Tout bientôt, de son art, dut rester tributaire ;
Les faucons que dressaient ses procédés savants,
Toujours, dans leur essor, défièrent les vents ;
Et depuis, par ces jeux, sa grandeur préparée,
Au vol de ces oiseaux put être comparée.

A son bras est pendue, ainsi qu'à son déclin,
La flamboyante épée, arme de Duguesclin :
« Albert, lui dit le roi, dès longtemps exprimée,
» Ma volonté réclame un état de l'armée.
» — Sire, il est vrai, bientôt, il sera sous vos yeux.
» — Ecoute bien encor pour le retenir mieux :
» Il faut, que, de mes chefs, par ta voix prévenue,
» Sous ma tente, ce soir, l'élite soit rendue ;
» Tu l'avoûras, au moins, jamais moments pareils,
» N'ont appelé plus haut l'appui de leurs conseils ;
» — Sire, qu'à mon avis, votre bonté pardonne,
» Quel besoin?—Je le dois.—Cependant...—Je l'ordonne !

Ils ont dit ; et par bonds leurs coursiers généreux ,
A la droite du camp, les ont portés tous deux ;
Là, commandent Praslin (13) et Chaulnes (14) ; — noble élite
Des *gardes,* en avant, la file au long palpite ;
Soldats et courtisans, le duvet des guérets
A succédé, pour eux, à celui des palais ;
Mais, Français, avant tout, on les vit, avec joie,
Pour le buffle et le fer, quitter l'or et la soie ;
Sur les traces du Prince, à la cour, aux combats,
En tout temps, en tous lieux, ils confondent leurs pas ;
Ils aiment les périls, et, souvent, leur épée,
A défaut d'ennemis, dans leur sang est trempée.

Mais, de ce corps guerrier et galant à la fois,
Nous faudra-t-il aussi dire avec les exploits,
Les grands feutres ornés de plumes ondoyantes,
Les riches baudriers aux boucles chatoyantes ;
Et ces chiffres brodés qu'à la place du cœur,
Fixa, mais en tremblant, l'amour, bien que vainqueur ?
Ou bien, encor la pique à la pointe élevée,
Sur les habits d'azur, la cuirasse éprouvée ;
Enfin, l'enseigne, aux vents, livrant ses larges plis,
Avec son fond d'argent tout parsemé de lis ?
Laissons à l'art heureux (15), qui fleurit de notre âge,
Le soin d'en retracer bien mieux la vive image.

Bien qu'en tête, ils se sont mis en rang les derniers ;
Tout en s'interpellant en termes familiers,
A la voix de Mauny, pourtant, qui les commande,
D'un ton ferme, et, tout haut encore les gourmande ;
Mais, même, en les voyant si justement tancés,
On reconnaît en eux des soldats exercés,
Qui, sentant la faveur partout qui les protège,
En veulent signaler aussi le privilége ;
Plusieurs (16) prennent leur nom de ces légers mousquets,
S'enflammant par le jeu de rapides rouets ;
Et, grâce à leur ardeur, que rien alors n'entrave,
Précèdent l'avant-garde en troupe alerte et brave.

Piémont (17) et *Normandie* (18), illustres régimens,
Vous suivez, étendus en longs alignemens ;
Dès longtemps, le renom que soutient votre audace,
Dans le quartier royal, a marqué votre place ;
Les premiers, à ces feux, que reflètent les monts,
Doivent le sombre éclat qui brille sur leurs fronts ;
L'ennemi, de leur choc, redoute la furie ;
Les seconds sont enfans de la froide Neustrie ;
A cette haute taille, à ces cheveux ardens,
On reconnaît assez les fils des conquérans ;
Qui, des murs de Palerme, aux tours de la Tamise,
Foulèrent sous leurs pieds une terre soumise.

Ah! qu'ils soutiennent bien ces légers cavaliers (19),
Lenr surnom mérité : des anciens chevaliers,
Depuis que l'on a vu finir l'usage antique,
De combattre isolé sur une ligne unique ;
Jamais, masse pressée en escadron mouvant,
Ne garda dans ses bonds un ordre plus savant.
Noble reste, pourtant, de la chevalerie ;
Voyez ce fier maintien de la gendarmerie (20)!
De sa tête élevée, aux pieds de ses chevaux,
L'étain, le fer, l'acier étendent leurs fardeaux ;
De la guerre, plus tard la terrible science,
Réservera son choc pour sa dernière chance.

Aux ailes des premiers, et prêts pour l'action,
Qu'ils doivent engager en toute occasion ;
Pour, ensuite, venir se placer en arrière,
Et, selon le besoin, reprendre la carrière :
On distingue, soumis pourtant, au même chef
Les Carabins (21) portant fièrement sur leur chef,
Leur casque à mentonnière, ombragé de panaches ;
Puis, à l'arçon, fixée à de fortes attaches,
La gaîne enveloppant leur mousquet long et sûr ;
Laissant encore voir, pour son emploi futur,
La cuirasse échancrée à leur épaule droite ;
Et déployant à l'air leur banderole étroite.

En tête, entre ceux-ci, l'on remarque Toyras,
Lui, l'excellent pointeur, soit, que, sur ses deux bras,
Il faille qu'il ajuste une lourde arquebuse ;
Soit, que, tout en courant et volant même, il use
De son mousquet toujours pendant à son côté ;
Par trop de coups heureux dans tout le camp cité :
Enfin, à tous les jeux enclin autant qu'habile ;
Et pour cela, pouvant de la royale bile,
Appaiser les effets au besoin par des tours,
Ou de force ou d'adresse auxquels on a recours :
Aussi Luynes, parfois le voyant à l'ouvrage,
En connaisseur parfait en a-t-il pris ombrage.

Quel est ce chef (22) de qui l'allure et le maintien,
Au premier de ces corps, s'assortissent si bien ;
Une humeur inquiète en tous ses sens pétille ;
Sa pâleur... C'est le fruit de douze ans de Bastille...
De hauts complots, deux fois, atteint et convaincu,
Deux fois, par la clémence, il leur a survécu ;
Son port avantageux et sa mine guerrière,
Attestent ses exploits dans plus d'une carrière ;
Il est le fils d'un roi (23) qu'amour rendit sujet ;
Et sa mère, en son temps, fut la belle Touchet ;
Lui, toujours a porté les plus beaux noms, ceux, même,
De Valois, d'Orléans, d'Auvergne et d'Angoulème.

Mais, avec ces grands noms, et malgré la hauteur,
Qu'il apporte en tous lieux comme un triomphateur ;
Sa fortune a subi cette fâcheuse teinte,
Que le Grand-Sceau ne peut couvrir de son empreinte :
Aussi, quand il voulut, comme par le passé,
Présider le *Conseil* qui l'avait remplacé ;
Ses membres fatigués de trop vives instances,
Remirent sous ses yeux les fatales sentences ;
Et, depuis, par dépit, il ne garde, uniment,
De ses chevau-légers, que le commandement ;
Un écuyer, de forme encor problématique,
Compose tout son train, ailleurs, si magnifique.

Il est blond, et bien pris dans sa taille, et ses traits,
Même, sous ses habits, ont des appâts secrets ;
Toujours, avec son maître, en ses moments de crise,
Mieux que dans ses plaisirs, encore il sympathise ,
On le voit, quelque temps que dure son ennui,
S'établir sous sa tente, et, se penchant sur lui,
Mêler, à tous ses soins, ces caresses de l'âme,
Que, de sa part, surtout un mal chagrin réclame ;
Aussi, pour prix d'un zèle aussi vrai que touchant,
Lui-même, il est payé du plus tendre penchant ;
Et chacun, dans le camp, pour cet accord si rare,
Au page de Louis, hautement, le compare.

Exerçant sur les siens, un plus digne ascendant,
Des Gens-d'armes, on voit le brave commandant,
Souvré, de qui le casque orné de sa chenille,
Même, dans leurs hauts rangs, comme un minaret, brille;
Réunissant en lui les plus heureux accords,
Et des forces de l'âme, et de celles du corps,
De son poste à la fois éminent et pénible,
Il s'acquitte toujours avec un soin visible ;
Son cheval vigoureux, né sur les bords du Rhin,
Sous son poids, par moments, semble ployer le rein ;
Tels ces preux dont l'armure en nos jours surhumaine,
Pourtant, n'offrirait plus qu'une défense vaine.

Navarre, Chappe, (24) ici, comment taire vos noms ?
Les premiers, de Henry-le-Grand, fiers compagnons ;
Vifs, et pareils surtout à l'air de leurs montagnes,
Qui soudain furieux ravage les campagnes,
Dans leur petite taille, élégans, gracieux,
Ils sont des plus subtils, inquiets, curieux.
Quelle est leur origine, ou leur race? leurs pères
Furent-ils Goths, Romains, Celtes ou bien Ibères ?
Faut-il, que, sur l'Adour, des Golfes Egéens,
Soient descendus un jour de nouveaux Phocéens?
Tout l'annonce, leurs traits, leur esprit, leur langage ;
Les derniers, de vaillance, ont donné plus d'un gage.

Sous leurs habits de pourpre, et leurs pots reluisants,
Se présentent, enfin les Suisses imposants ;
Depuis le jour fameux où leur main intrépide,
Eleva, de Morat, l'horrible pyramide,
Jaloux de s'attacher leur courage indompté,
Nos rois ont, par leur or, tenté leur pauvreté;
Le Louvre et les parvis confiés à leur garde,
Reflètent dans la paix, leur large hallebarde ;
Mais la pique acérée au tranchant inhumain,
Sied mieux à leur humeur sans peser à leur main ,
Montauban doit les voir, aveugles mercenaires,
Combattre pour la foi que repoussent leurs frères.

Bassompierre (24) est leur chef : leurs ports peu sémillants,
Lui servent à livrer des assauts pétillants,
Quoi ! pour de tels soldats, celui que la Bastille
Doit garder si longtemps pour l'esprit dont il brille ?
« S'il est des Huguenots, l'ennemi sérieux ;
» C'est qu'il trouve surtout leurs prêches ennuyeux. »
Mais, prenons un accent plus digne et plus sévère,
Pour dire, que, souvent, et, dans plus d'une sphère,
Tour-à-tour politique, ambassadeur, soldat,
Il sut bien mériter du prince et de l'Etat ;
Et que, de Montauban, la défense obstinée,
Dut son succès peut-être à sa voix dédaignée.

Mais, qui pourrait assez célébrer ton grand cœur,
Praslin, toi, de ces corps, et le chef, et l'honneur ?
Autrefois, sous Paris, et dans les champs d'Aumale,
Au parti que tu sers ta valeur fut fatale ;
Et, suivant jusqu'au bout l'exemple de ton roi,
Cent combats sont garants de ta nouvelle foi ;
Ta jeune ardeur, des ans, se retrouve affranchie ;
Aujourd'hui, l'ennemi voit ta tête blanchie,
Flotter, parmi les tiens qu'elle guide, en courant,
Comme un flocon d'écume au dessus d'un torrent ;
Instruit surtout dans l'art de soumettre les villes ;
Que de murs sont tombés sous tes efforts habiles !

Avec moins de vertu, mais bien plus de fierté,
Son égal en pouvoir, Chaulne est à son côté ;
Ce n'est pas toutefois qu'en son destin prospère,
Ce haut rang, tout entier, il le doive à son frère ;
Son courage trop vain et sans mesure encor,
Du moins, à ses soldats, imprime un noble essor :
Tels ces consuls que Rome, au fort de ses alarmes,
Commit, contre Annibal, au salut de ses armes ;
Tels, on les voit, tous deux, conseillers et soldats,
Tromper, ou maîtriser les chances des combats ;
Ils entourent le roi qui, touché de leur zèle,
Se place au plus haut bout de leur troupe fidèle.

Le roi s'est mis en marche, et, dès-lors, dans le camp,
Un silence profond a régné sur-le-champ.
A pied, et tour-à-tour, fier, caressant, rigide,
Il traverse d'abord les rangs d'un pas rapide ;
Sous lui le sol frémit légèrement : soudain,
Il s'arrête... « Tréville (27), à ta vaillante main,
« Il faut enfin son prix : dans *Navarre,* une enseigne
» Perd son noble soutien... Tu m'entends !—Sire, daigne,
» Votre bonté, pour moi, suspendre ses faveurs...
» Je désire rester dans les *Gardes,* ailleurs...
» Pourrai-je mieux ?... —Je vois le désir qui t'inspire ;
» Sur la première, ici, tu peux compter.» —« Ah ! Sire...»

Puis, d'un élan rapide, arrivé sur le front
Des autres régiments, en face de *Piémont,*
Il s'adresse, en ces mots, dont la cause apparente,
Cache un sens moins restreint pour l'âme pénétrante,
Au chef (28) qui les commande en masse. « Contenant,
» Bien que je dusse trop m'attendre, maintenant,
» A voir tes régiments ; après tant de fatigues,
» Et de combats sanglants que des champs trop prodigues,
» Ont fait germer pour nous dans leurs sillons maudits;
» Abattus dans leurs ports, souillés dans leurs habits,
» Je reconnais, qu'avec une ardeur soutenue,
» Ils n'ont jamais montré de plus belle tenue. »

« Aussi, n'aurai-je point, ici, comme à Clairac,
Lorsqu'en hâte arrivant, et descendu du bac,
Je vous vis engagés, malgré l'ordre contraire,
D'ouvrir le feu sans moi, de reproche à vous faire;
Je dois même avouer qu'alors je fus trop vif;
Car, il faudrait avoir bien peu le sang actif,
Pour ne pas se laisser tenter par ces délices,
Que, du champ de l'honneur, présentent les prémices;
Ainsi donc, de cela je ne parlerai plus;
D'autant, qu'en vous voyant à ce point résolus,
Si je me fâchai tant, c'était par pure envie,
Péché qu'on doit surtout payer dans l'autre vie. »

En achevant ces mots, il part ainsi qu'un trait,
Et devant les hauts rangs des Suisses apparaît;
Dans tout son appareil de toilette guerrière,
Devant lui, souplement, s'incline Bassompierre;
Toujours prêt à répondre avec un mot heureux,
Au monarque écoutant d'un front moins ténébreux,
Tant sa voix a toujours de charme, de finesse,
Et sait l'art de flatter avec délicatesse.
Louis, à son aspect, un instant recueilli,
L'a, d'un regard plus doux, à mesure, accueilli:
C'est qu'il faut que son œil austère s'accoutume
A ce port si galant, à ce brillant costume.

« Bassompierre ! dit-il : enfin, je suis témoin,
Que tu n'aurais jamais su mettre trop de soin
En tout genre, à remplir ta mission d'Espagne;
Car, jusqu'à ton habit et ce qui l'accompagne ,
Plumes , rubans, crevés, dentelles et bijoux,
Tout est d'un air à rendre un Castillan jáloux.
Moi, qui n'aimai jamais le faste et la parure,
Je l'excuse, pourtant, chez ceux qui, par nature,
Savent les relever, sans emprunter à l'art
Son clinquant, ou son masque empreint toujours de fard.
Je te fais donc, ici, mon compliment sincère
Sur ta mise , malgré sa façon étrangère. »

« Toutefois , comme , là , ne se sont pas bornés
Tes succès, je prétends , une fois terminés,
Les travaux de ce siège , à ton intelligence ,
Ainsi qu'à ta valeur offrir leur récompense.
Sans les bien grands soucis qui prennent tout mon temps,
Avec mes maréchaux , qu'on verrait tous contents,
De mon choix, en sachant que d'eux il serait digne,
Tu montrerais déjà ton mérite hors ligne.
Prenons donc patience , et débarrassons-nous ,
D'abord , des huguenots , pour nous rendre plus doux ,
L'instant où je devrai, sous de meilleurs auspices,
Acquitter dignement le prix de tes services. »   3

Et Bassompierre, avec un accent pénétré,
Bien que libre, et bientôt s'animant par degré :
« Sire, pour vos bontés, je vous rends mille grâces;
Avant même d'en voir les effets efficaces,
Dès vos plus jeunes ans , figurant à la cour,
J'ai compris, dès longtemps, aussi, ce qu'à son tour,
De douceur et d'éclat promettait votre règne :
Mais, il fallait attendre... Ah ! vraiment, le cœur saigne
D'y songer ! que vous, fils du plus grand de nos rois,
Vous, dont l'âme parlait non moins haut que les droits;
D'un sort injurieux, ô rigueur trop cruelle !....
On vous vit affranchi d'une indigne tutelle. »

« Aussi, dans ce moment, quel vœu nous reste-t-il,
Sire, encore à former? Sinon, que, du péril,
Où le pousse toujours sa valeur sans égale,
Notre roi, sain et sauf, de la lutte finale,
Se retire ; et par-là conserve à notre amour
Sa grâce et sa faveur, qu'on peut dans tout leur jour ,
Proclamer les trésors et les perles du monde;
Mais, Sire , quelque soit la vertu sans seconde
Qui vous fait apparaître aux yeux de l'univers,
Comme un astre naissant.... Je vois que je me sers
De termes qui pourraient blesser la modestie
Qui, de cette vertu, doit faire encor partie. »

« D'ailleurs, Sire, ici même, avec regret, je sens
Que je puis abuser de précieux instants ;
Souffrez alors, que, d'eux, sans craindre d'artifices,
A votre œil pénétrant je présente mes Suisses ;
Vous les verrez, ainsi qu'on les a toujours vus,
Dociles, sans détours, calmes et résolus,
Fidèles, point légers, même, par excellence,
Il ne faut pour cela que voir leur corpulence.
Tout ce que l'on pourrait leur reprocher, je crois,
Ce serait d'un peu trop pressurer le bourgeois,
Lorsque, après une marche, il faut pourvoir aux vivres,
Et qu'on veut leur compter la ration par livres. »

« Mais, Sire, sans défauts qui peut être ici-bas ?
Moi, qui dois entre tous me citer en ce cas,
J'ai commis, pour ma part, tant de péchés, ensemble,
Qu'en songeant au salut, toujours mon âme tremble...
Et lorsque nous avons toutefois sous nos yeux
Un exemple si rare et si prodigieux,
Soit pour nous réformer, ou régler notre vie,
N'en restât-il chez nous qu'une bien faible envie...
Mais peut-être j'oublie avec ces longs propos,
Auxquels votre bonté m'a rendu trop dispos,
Le respect dont jamais rien ne doit nous distraire ;
Et, dans ce doute seul, il est temps de me taire. »

— « Non, Bassompierre, ici, comme dans tous les temps,
Toujours, avec plaisir, je te vois et t'entends.
Pour tes Suisses, je sais, combien en toute affaire,
On peut compter sur eux ; soit, que, pour l'ordinaire,
Ils veillent sur le parc, ou, qu'en vrais pionniers,
Ils creusent le terrain ; soit qu'aux champs meurtriers,
On les voie opposer leur formidable masse ;
Qu'en deux mots, l'ennemi ne peut trouver en face,
Des soldats plus vaillants, plus forts, plus dévoués,
Dont les services soient de tous mieux avoués ;
Et que ce siège, enfin, comme dernière épreuve,
N'en peut fournir, au plus, qu'une marque plus neuve. »

« Et, joignant à ces mots un geste de la main ;
En quittant Bassompierre, et suivant son chemin,
Le roi, devant les rangs de la cavalerie,
Voit ses chevau-légers avec coquetterie,
Poser près des arçons. Puis, s'approcher d'un air,
Avec lui qui voudrait, il semble, aller de pair,
Le chef, qu'un mal secret, on le voit bien, consume ;
Mais, Louis, en jetant sur l'élégant costume,
Et le port gracieux, et comme efféminé,
De l'écuyer qui suit, un regard détourné,
Le quitte, en rougissant, d'un front presque colère,
En gagnant, de Souvré, le poste plus austère. »

Louis a, devant lui, passé plus fièrement ;
C'est que, contre l'usage, à son avénement,
Avec sa volonté, dès-lors, moins incertaine,
Il a voulu garder le rang de capitaine
De la noble milice, et, roi, pour elle, enfin,
Rester ce qu'il était, du moins, comme dauphin.
L'étendard de satin dont la frange dorée
Fait ressortir si bien la couleur azurée,
Et présentant au centre un foudre menaçant,
S'est, aussi, redressé devant le chef puissant,
Dans un transport muet, qu'avec sa loi chagrine,
Eût voulu réprimer en vain la discipline.

Ces instans ont suffi. Le roi de ces quartiers,
Connaît assez l'ardeur et le zèle guerriers ;
Il les quitte ; et, bientôt, à l'oreille résonne
Un murmure semblable à l'essaim qui bourdonne ;
Comme un noble coursier qui, libre de son frein,
Chasse avec un soupir la gêne de son sein ;
Le soldat par un mot heureux, souvent, se joue
De ce joug même, auquel un sort si dur le voue ;
Mais Louis a déjà disparu dans les rangs,
Des soldats de Chevreuse, (*) illustres vétérans ;
Chevreuse, lui, d'un sang, dont la rare vaillance,
Depuis longtemps, s'éprouve aux troubles de la France.

(*) Prince de Joinville.

A ce sang des Lorrains qui dans sa veine bout,
Ligueur, il est resté fidèle jusqu'au bout ;
Et même, à sa vertu, contraint de se soumettre,
Il s'est encor montré le rival de son maître,
Quand Verneuil, irritant ses volages amours,
Préparait par ce jeu, le sceptre à ses atours.
Mais pourquoi, de ses traits, la teinte ténébreuse ?
C'est que, vaincu lui-même, en l'arène amoureuse,
Son cœur est combattu par des vœux inhumains,
Auxquels sa loyauté refuserait les mains :
A sa foi, de Rohan, la fille était promise,
A la faveur d'un autre il dut la voir soumise.

« Encore, se dit-il, si l'intraitable sort,
» Qui fit sombrer ma barque en présence du port,
» M'eût voulu ménager, dans ma triste fortune,
» En perspective, au moins, une planche opportune ?
» On dit bien, que, toujours, c'est aux plus hauts sommets,
» Que la foudre, en tombant, fait sentir ses effets ;
» Marie, à cet hymen, ensuite fut contrainte...
» De sorte, si son cœur eût gardé son étreinte,
» Que ses divins appas et son esprit charmant,
» Pour se donner à moi, dépendraient d'un moment ?...»
Vœux touchants et cruels pleins d'angoisse et de charmes,
Qui le suivent partout, même au milieu des armes.

Aussi, lorsqu'il a vu Luynes suivant le roi,
Passer, et par son front courbé, marquer en soi,
Un chagrin ou dépit que rendent manifeste
Son allure indécise, à la fois, et son geste;
Chevreuse, sur ses traits a cherché comme à voir,
Si quelque trace à mieux motiver son espoir,
Ne se montrerait pas pour marquer le ravage,
Que, trop fatalement amènent en partage,
Les veilles, les travaux, les désappointements,
Les soucis, les remords peut-être et les tourments,
Fruits d'un poste trop haut et trahissant les forces,
De l'homme, une fois pris à ses folles amorces.

A ses côtés, on voit, soumis à son haut rang,
Le noble Lesdiguière (29), et le fier Saint-Géran (30);
Le premier qui ceindra le fer de Connétable,
Lorsque le *favori* que sa fortune accable,
Sous le poids des soucis, ou plutôt... Mais, laissons,
Pour l'horreur du tombeau, ces funestes soupçons :
Lorsqu'enfin il rendra son épée au plus digne;
A celui qui doit prendre avec ce grand insigne,
Le surnom d'*in-vaincu*, bien que, d'après leur cours,
Par ses combats, on pût presque compter ses jours.
Que dire du second? Que, pour toute entreprise,
Il emprunte à Roland sa célèbre devise.

Champagne, Picardie, Arpajon, Pompadour,
Vous si fiers de paraître en un semblable jour,
Sous vos habits ternis et vos armes brillantes,
Tels que de noirs dragons aux écailles luisantes ;
Ah ! l'on peut bien, ici, vous citer sans faveur :
Car vous allez assez payer cher cet honneur :
Par le fer, et ces feux souterrains météores,
Votre sang va couler par chacun de vos pores ;
Régiments dévoués ! voyez aussi, comment,
De votre roi, le pas vous parcourt lentement :
Combien à se fixer, il met de complaisance,
Et, sur le sol, empreint sa noble confiance.

Ainsi, devant *Champagne*, il s'est presque arrêté,
En voyant, devant lui, sévèremeut posté ;
Et, bien que dans la fleur de l'extrême jeunesse,
Les traits et le regard obscurcis de tristesse ;
Son nouveau colonel, Mont-Revel, qu'à ce rang,
Naguère, il élevait, quand le père expirant,
Par un noble trépas, laissait sa place libre :
Près de ce chef, du Roi la sympathique fibre
S'est traduite d'abord par un signe de main ;
Mais on l'a vu, poursuivre aussitôt son chemin ;
Tant il sait respecter cet intime martyre,
Qui devrait devant lui se masquer d'un sourire....

...Et lorsqu'il a vu même avec tant d'intérêt,
Figurant près de lui, ferme sur le jarret,
Son lieutenant Pontis (31), dont le teint blême et lisse,
Dénote un mal profond ; en un mot, la jaunisse ;
Nous pouvons la nommer ; car la cause, pour lui,
En est trop glorieuse, et vient bien à l'appui
De ce juste renom de zèle, de vaillance,
Et de rare sang-froid qui partout le devance ;
A Saint-Jean, trop voisin de la brèche, au moment,
Que la mine éclatait, et couvert pesamment,
Par la terre lancée en masse en sens contraire ;
Il en garde depuis sa couleur tumulaire.

Parmi ces lieutenants, avec orgueil, comptés,
Quel est celui sur qui ses yeux se sont portés
Avec plus de douceur, de tendresse secrète ?
C'est Marillac : il doit laisser tomber sa tête ;
Celui-ci, c'est d'Harcourt qui, vainqueur de Casal,
Servira de suppôt à l'autre cardinal (32).
Là, Saint-Just et Zamet, ces compagnons sublimes,
D'un même assaut, bientôt, héroïques victimes ;
Ici, sont Luxembourg, Saint-Luc et Villeroi ;
Plus à plaindre, ils verront la honte de leur Roi ;
Ainsi, toujours, la vie, éclatante médaille,
A son revers forcé dont le destin se raille.

En potence, et pesant sur le sol aplani ,
Est un groupe distinct avec art réuni :
Dans un calme trompeur , même au plus téméraire ,
Son aspect fait sentir un trouble involontaire ;
Louis y doit chercher sur l'airain son blason ,
Avec ces mots : *C'est là ma dernière raison ;*
Mais , pourquoi de ce soin la tâche trop facile ?
Schomberg (33) n'est-il pas là pour la rendre inutile ?
Non moins prudent qu'habile , et sage que vaillant ,
Aucun détail n'échappe à son œil vigilant ;
Et la foudre sacrée , en ses coups , est plus lente ,
Qu'ébranlée à sa voix , la batterie ardente.

Près de lui , présentant dans ses traits et son port ,
Souple autant que nerveux , plus d'un frappant rapport ;
Figure , en signalant , à l'aspect du monarque ,
Une joie expansive et que chacun remarque ,
Son jeune fils (34) , naguère , auprès du futur Roi ,
Enfant d'honneur , rêvant un moins futile emploi :
Ses vœux sont accomplis ; la guerre et l'hyménée
Viennent l'émanciper dans cette même année ,
En tressant pour son front des lauriers et des fleurs ,
Trop beaux pour laisser voir des regrets et des pleurs ;
Il prend le nom d'Alluin , de la jeune duchesse ;
Digne et touchant objet de sa vive tendresse.

Sur la ligne assignée à leurs monstres béants (35),
S'offrent les artilleurs comme d'autres géants ;
Au terrible appareil qui, derrière eux s'étale,
On conçoit le souci que leur regard signale ;
Sans lui, sur les remparts, les braves combattants,
Ne graviront jamais vainqueurs et haletants ;
Et ce but glorieux qu'en ses flancs il recèle,
Il ne tient dans leur main qu'au choc d'une étincelle.
Là, sont ces ouvriers avec leurs gabions,
Qui creusent les chemins qui vont aux bastions ;
Jettent ces ponts légers dont les fleuves s'étonnent ;
Et, la hache à la main, dans les forêts moissonnent.

La plupart, sont venus de ces lieux renommés (36),
Où, sans cesse, les bras, par l'industrie armés,
Dans les arts de la paix et dans ceux de la guerre,
Signalent leurs efforts aux regards de la terre ;
La Meuse les a vus baigner leurs corps noircis,
Dans ses flots tourmentés, non moins qu'eux, obscurcis,
Par l'ardente vapeur qui sort de ses usines ;
Habiles à creuser et disposer les mines,
Qui lancent dans les airs les murs les plus épais ;
Mercenaires heureux sous les drapeaux français ;
A Saint-Jean, à Clairac, de brillantes prémices
Ont montré qu'on ne peut trop payer leurs services.

Leur chef est Gamorin : les canons en éclats,
N'ont pu faire jamais dévier son compas :
Sur les plus hauts remblais, dans le fond des *tranchées*,
Calme, comme au milieu des lignes retranchées,
Ses plans et ses calculs, en silence mûris,
Rarement, par l'effet, ont été démentis ;
Au pied du bastion, quelle oreille assez fine,
En s'appliquant au sol, éventerait sa mine?
Et quels coups assez sûrs, au sein du chemin creux,
Arrêteraient encor son abord anguleux ?
Mais, contre les remparts, que son œuvre s'achève !
S'il les renverse, il sait comment on les relève.

A ses côtés, ou bien à ses pas s'attachant,
Un jeune homme (37) présente nn contraste touchant ;
A peine, il a franchi les portes de l'enfance ;
Né sur les bords chenus que baigne la Durance,
L'aspect des murs fameux qu'elle étreint de son flot,
De sa vocation lui révéla le mot.
Trop ardent à fournir son noble apprentissage,
Le sort lui garde, ici, le plus cruel outrage ;
De ses regards perçans, un des jets lumineux,
Va bientôt, sans retour, s'éteindre dans les feux ;
Et plus tard ! — Mais, de l'art, auteur de sa disgrâce,
Son esprit doit encore illuminer la trace.

Comme ces grands vieillards, (38) exhalant leurs doux sons,
De la science, lui, dictera les leçons ;
Et ses écrits portant sur leur base solide,
Pourront braver le temps comme la pyramide ;
De la naissance, on sait, qu'il obtint les faveurs ;
Mais ses exploits assez le rehaussent, d'ailleurs ;
Dans tout le camp déjà chaque voix les raconte ;
C'est le *brave* Pagan, pour lui, mieux que le *comte :*
Gamorin le chérit, et, souvent, pour ses plans,
Aux boucles de son front, soumet ses cheveux blancs ;
Ils s'inclinent tous deux devant le roi qui passe,
Confiant dans leur zèle, au fond, que rien ne lasse.

Car ce n'est pas aux chefs que Louis, seulement,
Veut témoigner, ici, son juste empressement ;
D'un mot, sur les soldats, il connaît la puissance ;
Vers un simple sergent (39), souriant, il s'avance :
» Ah ! qu'aujourd'hui surtout j'ai plaisir de te voir ;
» Ton œil est donc guéri ? Naguères, à Bauvoir,
» Te souvient-il, dis-moi, qu'en tirant de plus belle,
» Ton coup porta si bien dans l'étendard rebelle,
» Que tout le camp soudain applaudit ; dès ce jour,
» Je dis, et je prétends que chacun à son tour,
» Quel qu'il soit, avec moi, doit enfin reconnaître,
» Que, dans l'art de pointer, Lésine est notre maître. »

« Oui, tous, jusqu'à Toyras qui rendit si penauds,

Naguères, dans leurs murs , les bons tireurs de Meaux,

En abattant deux fois leur *papegay* (*) de suite ;

Mais qui si galamment vint le porter ensuite,

A la femme de l'un des consuls, que depuis,

Ledit consul serait... Mais il est de tels bruits,

Que l'on ne peut jamais sans pécher reproduire,

Encor moins propager, puisque, par là, c'est nuire

Au prochain, de la sorte, atteint dans son honneur :

Je me tais donc : d'ailleurs, Toyras pour grand seigneur,

Qu'il puisse être, toujours, auprès de toi, Lésine,

A cause du calibre, il faudra qu'il s'incline. »

Puis, voyant à côté l'œil fixe et le corps droit,

Un cannonier portant inscrit sur le bras droit,

Les signes trop certains d'un bien long exercice :

« La Vallée ! (40) ah ! toujours j'ai présent le service ,

» Que tes mains m'ont su rendre aux murs de Sainte-Foi;

» Alors, que, déblayant la brèche devant moi,

» Je n'aurais pu trouver la plus faible parcelle,

» De ses nombreux débris où heurter ma semelle.

» Je compte donc sur toi, dans l'espoir, qu'avant peu,

» De montrer ton adresse on pourrait donner lieu ;

» En attendant, reçois au moins cette assurance ,

» Que j'en ai jusqu'ici gardé la souvenance. »

(*) Oiseau de bois ou de carton peint, placé au bout d'une perche.

Comme il a dit ces mots, un faible tourbillon
Paraît sur la hauteur, et, formant un sillon,
En roulant vers le camp, grossit comme un nuage,
Un guerrier à cheval, par degrés, s'en dégage ;
Tel le dieu belliqueux, de son ciel s'abattant,
Se montrait près de Xanthe, en simple combattant :
Il reconnaît Louis, et vers lui se dirige ;
Son coursier est fumant, avec art, il l'oblige,
A ce dernier effort ; puis, à terre, soudain,
Il s'incline, et sortant un long pli de son sein :
« Sire, vers vous, le Duc, à l'instant me dépêche,
» Il est au Claux ; voici sa lettre toute fraîche. »

Aussitôt, des regards les rayons sont dardés,
Sur ce nouveau-venu dont les traits décidés,
Et la pose à la fois respectueuse et libre,
Tout l'ensemble, en un mot, dans un juste équilibre,
Du soldat courtisan présente un type heureux ;
Son visage animé, son habit tout poudreux,
Témoignent d'une course aussi longue qu'ardue,
Dont son ardeur n'a pas mesuré l'étendue ;
Pour la plupart, on sent, qu'il n'est point étranger ;
Car, avec lui, soudain, viennent de s'échanger
Ces rapides éclairs dont le siège est dans l'âme,
Et dont les yeux si bien savent rendre la flamme.

Le roi lit, et, bientôt, sen front a dû trahir,
Un surcroît bien marqué d'orgueil et de plaisir ;
Maïenne (41), ce héros qui, trop fidèle image
D'un père... mais faut-il lui faire ici l'outrage,
De rappeler des torts au moins bien expiés?...
« Maïenne vient de vaincre et de mettre à ses piés,
» Les forts de Mauvezin, de Mas-Verdun, de l'Isle,
» Enfin, de Corbarieu ; quand, déjà, Réalville,
» Caussade, Bruniquel, le Bias et mieux encor,
» Négrepelisse avaient cédé à son essor ;
» Enfin, pour courir-sus au boulevard rebelle,
» Il attend que le roi de son côté l'appelle... »

« ...Il attend, pour cela, ses ordres dans le Claux ;
» Ce fidèle manoir, aux défenseurs si chauds,
» Qui, sans cesse, assailli du parti Calviniste,
» Incrusté de boulets, plus fermement résiste. — »
» — Bien, Gramont (42), dit le roi ; je vois, de son côté,
» Qu'en bon chemin, le duc ne s'est point arrêté ;
» A lui seul, il a pris assez de citadelles,
» Et, dans les alentours, forcé de nids rebelles,
» Pour s'en composer, même, en noms peu gracieux,
» Un chapelet non moins parfait que glorieux ;
» Du reste, à cet égard, rien de lui qui m'étonne,
» Ni qui doive, non plus, surprendre, ici, personne. »

« A ton tour, maintenant, de te complimenter,
Sur l'heur avec lequel tu viens de t'acquitter
De cette mission ; d'une forme imprévue,
Qui nous a procuré de plus ta bienvenue :
Ainsi, jusqu'à ce jour, tout nous vient à souhait ;
Et jusqu'à cet instant, même que l'on dirait,
Dans ces lieux, tout exprès, fait pour la conjoncture ;
Puisqu'en masse ayant vu quelle est notre figure,
Par suite, tu pourras au Duc la rendre mieux ;
Le défilé, je crois, va contenter tes yeux ;
Car notre tâche étant maintenant accomplie,
Je puis dire qu'en tout mon attente est remplie. »

A ces magiques mots passant de voix en voix,
Sur la ligne du camp, tout s'émeut à la fois.
Le roi, sur son cheval remonté, vers la gauche,
D'un point qu'il a déjà marqué de l'œil, s'approche.
Là, par files, devront passer, en s'inclinant,
Les glaives, les drapeaux et les hautbois, sonnant.
Avec grâce, il rendra le salut militaire,
Auquel répond le cri du fier légionnaire ;
Digne prix du labeur, magnifique moment,
Dans son rapide cours si plein d'enchantement,
Que le sort du soldat, ailleurs si misérable,
Aux yeux ravis, toujours en paraît désirable.   4

Dans ce cercle éclatant qui devra l'entourer,
Plus d'un valeureux chef vont encor figurer ;
Tels Vendôme et son frère, enfants de Gabrielle,
Comme leur père ardents, et gracieux comme elle ;
Fiesque (43), illustre proscrit, se jetant noblement
Dans tout grave péril comme en son élément ;
Vaillac et d'Estissac, dont les destins contraires
Rendront les régiments bientôt trop nécessaires ;
Thémines, digne fils d'un père encor bouillant ;
Et Renneville aussi réfléchi que vaillant ;
Nobles noms ! et scellés tous d'une rouge essence ;
Faits pour éterniser l'attaque et la défense.

Ensuite, avec leurs fronts sévères en tout temps,
Aux côtés du Prévôt, les archers, les exempts,
Les trompettes serrés autour de leur roi-d'armes,
Les Suisses, à cheval ; et, veillant aux alarmes,
les Ecossais, couverts de leurs hoquetons blancs ;
Les écuyers montés sur leurs chevaux soufflants ;
Les uns fixés au sol, les autres faisant tête,
A maint intervenant à l'approche indiscrète ;
Car, en vrais curieux, oubliant tout devoir,
Et, dans un tel moment, avides de tout voir,
Sont accourus du camp, des monts et de la plaine,
Des goujats, des fermiers, des pâtres hors d'haleine.

Mais, quels sont ces guerriers que l'on voit à l'écart,
Sous des habits divers , se mouvoir au hasard ,
Et montrer dans leurs traits et leurs brusques allures,
Un dépit qui parfois se traduit en murmures?
A leur port, à leur mise, à ces regards altiers,
On reconnaît assez ce corps d'aventuriers,
Qui , nés pour les combats, respirant les alarmes,
En sont, pour la plupart, à leurs premières armes ;
Un noble mouvement a causé leur humeur;
Naguère , ils prétendaient, dans leur bouillante ardeur,
Devant tout régiment, par leurs bonds intrépides ,
Une pique à la main , devoir servir de guides.

Mais, ce vœu de marcher les premiers au danger,
Et qu'ils eussent voulu, comme un droit, s'arroger,
Les régiments , jaloux d'un si rare avantage,
Et le trouvant d'ailleurs blessant pour leur courage,
L'ont repoussé, laissant éclater leur courroux ;
Pourtant , par un accord , honorable pour tous,
On consentit à voir les *nobles-volontaires*,
Se montrer en avant mêlés aux mousquetaires ;
Mais , trop fiers pour subir une transaction ,
On les a vus , depuis, fuir toute fusion ;
Repousser, comme faible, une gloire commune,
Et ne se confier qu'en leur propre fortune.

Ils choisissent leurs chefs ; mais ne leur sont soumis
Que pour les mieux guider vers les rangs ennemis ;
Et, comme ils sont poussés d'une audace rivale,
La faveur d'être élu pour plus d'un est fatale ;
Par leur voix, depuis peu, le destin a placé,
Au poste périlleux, l'aîné des Valencé ;
Lui, qu'entre tous déjà sa valeur sans mesure,
A rendu le héros de plus d'une aventure,
Pareilles dans leurs cours à celles de ces preux,
Que leurs exploits ont fait réputer *fabuleux ;*
Et que suivent partout, augmentant le prestige,
Trois frères que sa flamme, et remplit, et dirige.

Enfin, pour compléter le tableau saisissant,
Sur un point, par son choix, qu'on dirait adjacent,
Bien qu'assez à l'écart, de celui que, lui-même,
Le roi vient de remplir de sa grandeur suprême ;
Est encore une troupe (44), avec plus d'un aspect,
Présentant un ensemble imposant le respect ;
Ce sont les *gens sacrés,* aux figures austères,
Qu'à l'exemple du roi, dans leurs saints ministères,
Chacun doit invoquer avec zèle et ferveur,
Afin de s'attirer une auguste faveur ;
Et, sans doute, quittant de la sorte leur tente,
Pour montrer que l'Eglise est surtout militante.

Groupe étrange, et pourtant, bien propre dans ces lieux,
Par son contraste même, à reposer les yeux ;
On remarque d'abord à leur air extatique,
Les fils de Saint François et de Saint Dominique,
Les premiers étalant leurs pieds et leurs fronts nus ;
Les seconds sous leurs frocs paraissant mieux pourvus ;
Le Cordelier, aux reins, traînant sa dure attache ;
Le Bernardin, au monde, à regret, qui s'arrache ;
L'enfant de Saint Benoît songeant à son couvent ;
L'Augustin inquiet ; le Carme plus fervent ;
Enfin, sous son bonnet assombrissant sa face,
Et son long habit noir, le disciple d'Ignace.

Nous faut-il signaler comme un dernier objet,
Dans ce grand acte au moins d'un pittoresque effet ;
Au versant du coteau, mais sur une part nue,
Ce jeune homme assistant de loin à la revue ?
Avec sa toque noire et son rouge pourpoint ,
Sur lequel sa main presse un *noble oiseau de poing* ;
Dans un cadre restreint, encore trop semblable,
Etendu sur son roc, au géant de la fable ;
Ou, tel qu'un de ces points tachant les cieux sereins,
Qui viennent, sur leur bord, effrayer les marins ;
Car leur sein comprimé, toujours gros d'un orage,
Doit, par suite, leur faire entrevoir le naufrage.

Cependant, le soleil qui, de si vifs rayons,
Colorait ce tableau ; dans des conditions
Moins flatteuses pour l'œil, sur la scène dernière,
Ne projette à la fin qu'une pâle lumière :
L'ombre, même, déjà, dans son frais appareil,
Se mêle à son reflet devenu moins vermeil :
Louis, dont la prestance aussi noble que fière,
S'inspirait du grand jour qui frappait sa paupière ,
Voyant les rangs passer comme un sombre convoi,
A semblé tout-à-coup se replier sur soi ;
Et vient de regagner la rive fortunée ,
Au pas de son cheval, et la tête inclinée.

Mais le page tantôt qui contenait si bien ,
Ce cheval trop ardent, à présent, au maintien
De son fardeau-royal, conformant son allure,
Est accouru, pour lui, montrant sur sa figure
Une animation insolite, en ce cas ;
Soit qu'il ait cru devoir accélérer son pas,
Pour ne pas se trouver en retard, soit qu'il reste,
Sous le coup, et l'effet, par là, bien manifeste,
D'une scène ou tableau propre à frapper les sens :
Sur son poing maintenant, qu'il presse en plus d'un sens,
Et sous son chaperon orné de son aigrette,
S'agite son faucon, en cherchant son assiette.

Mais c'est le roi qui doit se faire attendre, lui,
Comme toujours portant en croupe son ennui,
Qu'on voyait chevauchant rempli d'impatience :
Il arrive, à la fin, et se trouve en présence
Du page, se haussant, pour lui montrer l'*oiseau*
Qui d'instinct, à l'instant, semble comme un étau,
Se cramponner au gant qu'il crispe avec sa serre ;
Louis, à cette vue, en se jetant à terre,
Avant qu'on soit venu lui tenir l'étrier,
Et laissant son cheval aux mains d'un écuyer :
« Vite, entrons, je n'aurai, dit-il, l'âme contente,
« Qu'en le sachant soigné par *vous* et sous ma tente. »

Et le roi, ce disant, vient de tendre son poing,
Au page qui du sien désacroche avec soin ,
L'*oiseau*, de son dépit donnant plus d'une marque,
Et, malgré lui, le fixe à celui du monarque :
Puis tous deux, précédés d'un autre serviteur,
Attendant à la porte en simple spectateur,
Mais comme une fidèle et sûre sentinelle,
Sont entrés sous la tente où l'heure les appelle,
Pour maint besoin sans doute et même maint devoir :
Laissons-les, donc, sans trouble et sans gêne pourvoir
Aux plus pressans, bientôt, avec moins de licence,
Sûrs de faire avec eux plus ample connaissance.

Ah ! sans doute, il n'est pas, ici-bas, de tableau
Plus noble, plus frappant à la fois, et plus beau,
Que celui qu'aux regards, dans son vaste exercice,
Représente une armée accourant dans la lice ;
De toutes les vertus, quel plus digne concert ,
Et quel champ plus fécond pourrait leur être offert ?
Courage, dévoûment, ardeur, force, constance ;
Zèle, soumission, sang-froid, calme, prudence :
Assemblage inouï, pourtant, qu'un même esprit,
Dans les plus strictes lois, gouverne et circonscrit ;
Epée ou bouclier, un jour doit lui suffire,
Pour sauver ou briser à jamais un empire.

Mais, c'est dans son passé, seulement, qu'en entier,
On doit nous voir ici, célébrer l'art guerrier ;
En déplorant toujours ces discordes fatales,
D'un même peuple, armant les passions rivales ;
L'homme change, d'ailleurs , et , de ses vrais instincts ,
Les traits , de jour en jour , deviennent plus distincts :
A son gré, dévoilant ses sources infinies,
La nature se prête à d'autres harmonies :
Vers de plus doux penchants, comme aux arts de la paix,
Tout annonce qu'il doit converger désormais,
D'autant plus, de *l'idée* à son tour souveraine,
Qu'il devra mieux *sentir* l'influence sereine.

Et, sans doute, qu'au lieu des bataillons cruels,
Bouleversant le sol, sous leurs chocs mutuels ;
Ce globe, enfin, purgé des vapeurs du carnage,
De colons fraternels deviendra le partage.
Ainsi, plus d'une voix au prophétique accent,
Ont révélé le but de l'homme *progressant :*
Dans une juste ivresse, et des sens, et des âmes,
 Les intérêts rivaux n'ourdiront plus de trames ;
Et l'âge si vanté des temps *antérieurs,*
Viendra prendre sa place aux jours *postérieurs ;*
Avenir radieux, permis à notre extase !
La paix universelle en doit asseoir la base.

NOTES.

(1) Jean de Lettes, évêque; — 1539-1556.

(2) Dupuy, 1er consul.

(3) Chamier (Dl.), ministre.

(4) Pro aris et focis pugnare (Cic.).

(5) Montauban.

(6) Au nord de la ville, est une montagne avec une croix, figurant un calvaire.

(7) Allusion aux rivalités qui existaient entre les deux branches de la maison d'Autriche.

(8) Appartenant à la marquise de Montpezat. Le roi y séjourna pendant une grande partie du siége.

(9) Le sieur de Modène-François-Raymond de Mourmoiron (baron de).

(10) Matthieu (Pierre), suivit Louis XIII au siége de Montauban, y tomba malade, et mourut à Toulouse.

(11) Son manuscrit est à la bibl. imp., 11, 21, 448. Tall. des Réaux.

(12) Luynes (Charles d'Albert, duc de), connétable et 1er ministre, mourut à Monheur quatre mois après le siège.

(13) Ch. de Choiseul (marquis de), maréchal de France, cap. des gardes de Henri IV.

(14) Honoré d'Albert de Cadenet (duc de), frère cadet de Luynes.

(15) La Viguette.

(16) Les Mousquetaires.

(17) Régiment créé avec les anciennes bandes de Piémont, en 1558.

(18) Créé en 1616.

(19) Chevau-légers.

(20) Les Gens-d'armes.

(21) Corps dont on forma ensuite les *dragons*.

(22) Charles de Valois, &. &., fils naturel de Charles IX.

(23) Charles IX.

(24) Régiment créé en 1658 avec Champagne.

(25) Régiment portant le nom de son colonel.

(26) (François de), depuis maréchal de France.

(27) Histor. — Devint capitaine des Gardes dans la suite.

(28) Maréchal de camp ou brigadier.

(29) François de Bonne (duc de), devint connétable, &, &.

(30) J. F. de La Guiche, comte de La Palisse, maréchal de France

(31) Auteur des mémoires de ce nom.

(32) Mazarin.

(33) Schomberg (Henri, comte de), maréchal de France en 1625.

(34) (Charles d').

(35) On donnait alors aux pièces d'artillerie les noms de couleuvrines, serpentines, scorpions, basilics, &, &.

(36) Liège.

(37) B^{se} F^{ois} Pagan (comte de), perdit un œil devant Montauban, devint aveugle ; s'est fait un nom par ses écrits parmi les math. et les ast.

(38) Homère, Milton.

(39) Cité souvent dans les guerres de religion ; mourut à Montauban.

(40) Canonnier cité par le *Merc. Franç.* ; mourut à Montauban.

(41) (Henri de Lorraine, duc d'Aiguillon et de), fils du chef de la ligue ; mourut pendant le siége d'une mousquetade dans l'œil.

(42) (Guiche, Ant^e de Gramont, comte de) fils d'Ant^e et de L^{se} de Roquelaure.

(43) Le seul de sa famille qui fut épargné à cause de son âge.

44) L'armée était en effet suivie par un certain nombre de *religieux* divers.

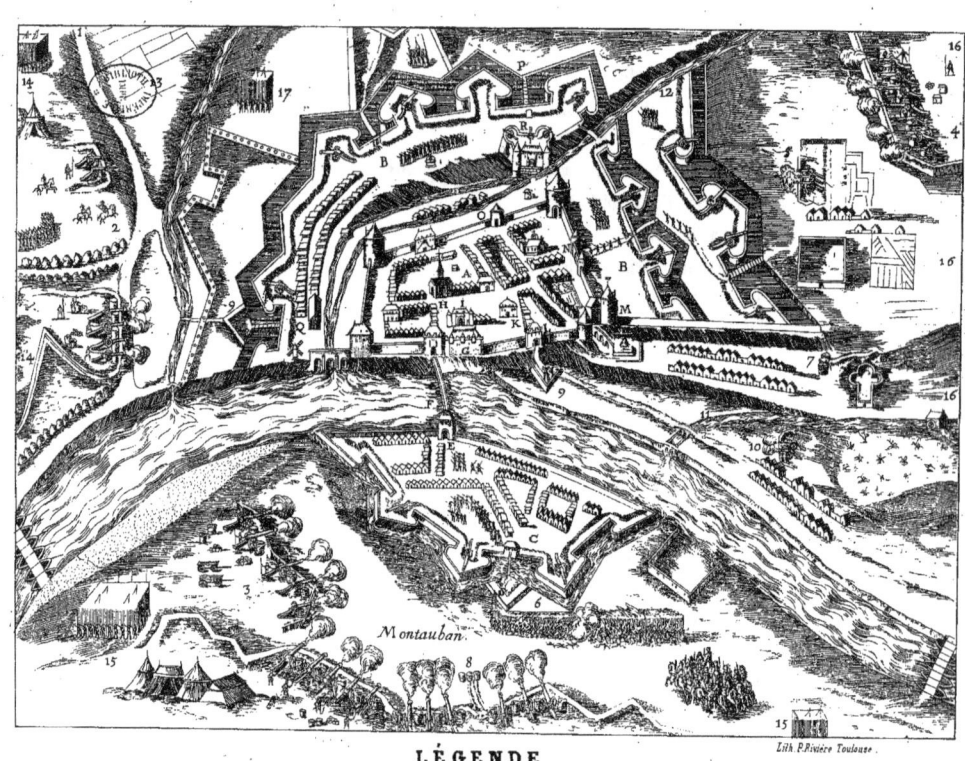

Lith. P.Rivière Toulouse.

LÉGENDE

A	La vieille ville.	9	Porte de Monmirat.	10	Batterie de Languedoc
B	La ville neufue.	R	Le Fort.	11	Ruiſſeau de Tescou.
C	Ville Bourbon.	1	Quartier du Roy à Piquecos, à vne heuë de	12	Ruiſſeau de la Guarrigue.
D	La demie Lune de Ville-Bourbon		Montauban ſur & au delà de la riuière de Lauerion	13	Plaine de Cacheſos.
E	Place deuant le Pont	2	Quartier du Côneſtable, où Commandoièt	14	Les Règiments des Gardes, des Suiſſes,
F	Le Pont ſur la riuiere. du Tarn.		les Mareſchaux de Praſlin& de Chaune.		de Piedmond. de Normandie,& de Chappes.
G	Chaſteau Reǵnault.	3	Quartier du Duc de Mayenne, où comman-	15	Les Règiments de Francon, Barrault, Suze.
H	Grande ruë.		doit le Mareſchal de Themines.		Arpajou, Cramail, Thoulouze, Saincte -
I	Chaſteau Royal.	4	Quartier du Mareſchal d'Eſdiǵuieres, & du		Croix d'Ornano,& Lezun.
K	Temple neuf.		Duc de Cheureuſe Prince de Ioinuille	16	Les Règiments de Nauarre, de Pôpadour,
L	Porte des Carmes.	5	Approche & batterie.		de Champagne, de Beaumont, de Villeroy,
M	Porte du Mouſtier.	6	Aſſaults ſur la demie Lune		de Picardie, des Suiſſes, de la Roquette,
N	Porte des fréres Mineurs.	7	Approche iuſques au foſſé, du Prince de Ioinuille.		de Ryaux, de Moſolins, de Portes,
O	Porte du Griſon.	8	Trauail, où le Duc de Mayenne a eſté tué		& de Fabrique.
P	Porte S. Antoine.	9	Demie Lune au dehors.	17	Les Règiments d'Eſtiſſac,& de Vaillac.

MERC. FRANÇ

.